शायद अब भी ज़िंदा हूँ

(कविता-संग्रह)

शायद अब भी ज़िंदा हूँ

कवीश टंडन

हिन्द युग्म
hindyugm.com
BLUE

ISBN : 978-93-87464-26-1

प्रकाशक :
हिन्द-युग्म
201 बी, पॉकेट ए, मयूर विहार फ़ेस-2, दिल्ली-110091
मो.- 9873734046, 9968755908

आवरण एवं रेखाचित्र : डॉ. ऋचा शर्मा टंडन
कला-निर्देशन : विजेंद्र एस विज

पहला संस्करण : 2018

Shayad Ab Bhi Zinda Hoon
(A collection of poems by *Kavish Tandon*)

Published By
Hind Yugm
201 B, Pocket A, Mayur Vihar Phase 2, Delhi-110091
Mob : 9873734046, 9968755908
Email : sampadak@hindyugm.com
Website : www.hindyugm.com
Printed at Repro Knowledgecast Limited, Thane

First Edition: 2018

शायद अब भी ज़िंदा हूँ

कवीश टंडन

हिन्द युग्म
hindyugm.com
BLUE

ISBN : 978-93-87464-26-1

प्रकाशक :
हिन्द-युग्म
201 बी, पॉकेट ए, मयूर विहार फ़ेस-2, दिल्ली-110091
मो.- 9873734046, 9968755908

आवरण एवं रेखाचित्र : डॉ. ऋचा शर्मा टंडन
कला-निर्देशन : विजेंद्र एस विज

पहला संस्करण : 2018

Shayad Ab Bhi Zinda Hoon
(A collection of poems by *Kavish Tandon*)

Published By
Hind Yugm
201 B, Pocket A, Mayur Vihar Phase 2, Delhi-110091
Mob : 9873734046, 9968755908
Email : sampadak@hindyugm.com
Website : www.hindyugm.com
Printed at Repro Knowledgecast Limited, Thane

First Edition: 2018

कवि की तरफ़ से

सर्वप्रथम इस बात को जानते हुए कि यह पुस्तक अभी आपके हाथ में है और आप ये पंक्तियाँ पढ़ रहे हैं, मैं आप सभी को हार्दिक धन्यवाद देता हूँ कि आपने मेरी लेखनी पर भरोसा करते हुए मुझे पढ़ने के लिए चुना और समय निकाला।

दोस्तो, बहुत छोटी उम्र से कविता लिखने का शौक़ रहा, जो शायद मुझे पिता से विरासत में भी मिला क्योंकि उन्हें भी लिखने में रुचि थी। यह संयोग था कि मेरा शौक़ मेरे नाम का प्रतिबिंब बन गया, और मेरा नाम मेरे शौक़ का। घुटनों चलने वाली तुकबंदियाँ अपने नाना, मम्मी, पापा और बहनों को कई बार सुनाता। जहाँ नाना का सीना उन बचकानी पंक्तियों पर भी दुगना हो जाता वहीं बहनें कविता ख़त्म होने के इंतज़ार में बैठी रहतीं, माँ दबे स्वर में तारीफ़ करतीं क्योंकि उन्हें भय था कि एक ही बेटा भांड न बन जाए और पापा की तारीफ़ उनकी आँखों में खोजनी पड़ती थी। ये थी मेरी कविता की शुरुआत और मेरे पहले श्रोता।

पर जैसा हमारे यहाँ होता आया है, शौक़ को कभी पेशे के तौर पर नहीं देखा जाता और पेशा अधिकतर पता नहीं होता, सो हमने भी स्वयं को समय की गंगा के हवाले कर दिया। जूझते-जाँझते गणित ली, इंजीनियर, नौकरी की, फिर सिंबॉयसिस से मैनेजमेंट और फिर नौकरी। बस बहते चले गए। पीछे मुड़कर सोचा तो लगा क्या यही वो सब नहीं है जिसके लिए भाग रहे थे- शायद हाँ, पर फिर वो क्या है जिसके अभाव में ये मंज़िलें अधूरी लग रही हैं, वो क्या है जिसके अभाव में ये सब निरर्थक लग रहा है। बहुत सोचा तो वो

अभाव था एक अहसास का जिसे ज़िंदगी कहते हैं।

मित्रो, इस भागती–दौड़ती–बहती ज़िंदगी में जीने का अहसास ही जैसे खो–सा गया है। वो अहसास जो आपको कभी खुलकर हँसने से मिलता है, या कभी माँ की गोद में सोते वक़्त ऑफ़िस की टेंशन भूल जाने से मिलता है, या कभी रात को अपने घर की डोली पर बैठ किसी को याद करने से मिलता है, या बचपन के दोस्त के साथ शहर की झील के किनारे ख़ामोश बैठकर बात करने से मिलता है, या फिर अपनी पुरानी पीले पन्ने की डायरी में अपने पसंदीदा काले पेन से कविता लिखने से मिलता है, और कभी अपने साथी से मन की बात करके हल्का होने से मिलता है।

इन्हीं अहसासों के बीच अपने ज़िंदा होने के प्रमाण को खोजने का प्रयास है मेरी प्रथम पुस्तक– 'शायद अब भी ज़िंदा हूँ'। उम्र के अलग–अलग पड़ावों से गुज़रती कविताएँ आपको भी ज़िंदगी के उन अहसासों से जोड़ने की कोशिश करेंगी जिन्हें आपने जिया तो होगा मगर फिर महसूस कर पाने का मौक़ा नहीं मिल पाया। ये कविताएँ याद का ऐसा झरोखा है जिससे झाँकते ही बीते अहसासों की मंद हवाएँ आपके अंतर में सोए हुए आप से आपको मिलाने की कोशिश करेंगी। न इनमें रस का बंधन है, न किसी शैली की औपचारिकता, ये बस मेरे एहसास हैं, जिन्हें काग़ज़ पर उतारा तो कविता बन गए।

आशा करता हूँ कि मेरा ये प्रथम प्रयास आप सभी को रुचिकर लगेगा।

मेरा जहान-मेरी पहचान

ये कविताएँ समर्पित हैं उन्हें जो मेरे अस्तित्व की नींव भी हैं और कंगूरे भी। वो जिनका होना मेरे होने का कारण भी है और मेरे होने का अर्थ भी। वो दो शब्द जो मेरे जीवन के हर शब्द का सार हैं। वो दो रिश्ते जिन्होंने हर रिश्ता जीना सिखाया। वो छाँव जिसने छनी धूप से मेरा पोषण किया। वो आड़ जिसने अपने दूसरी तऱफ की दुनिया की कठिनाइयों से मुझे अनभिज्ञ रखा। वो मेरे लिए उस विश्वास और आस्था का मूर्त रूप हैं जिसे दुनिया पूजती है।

मेरी अनुभूति-मेरी शक्ति

तुम नहीं होतीं तो ये कभी न हो पाता। तुमने साहस दिया, विश्वास दिया, दिशा दी और साथ दिया। इस किताब के रेखाचित्र इसका लेश मात्र उदाहरण हैं। मैं टाइप करते-करते थक जाऊँ पर तुम चित्र बनाती रहतीं जब तक कि पूरे नहीं हो गए। तुम मेरी प्रेरणा भी हो और शक्ति भी।

थैंक्यू ऋचा किताब के कवर और सारे रेखाचित्रों के लिए।

कविता-क्रम

घुटने चलती तुकबंदियाँ...

ख़ून का असर था शायद की छुटपन से ही काग़ज़ काले करने लगा था। तुकबंदियाँ बिठाने में बहुत मज़ा आता था। ये शुरुआत है मेरी कविताओं के सफ़र की...

अदृश्य चित्रकार

(आपने कई बार नीले आसमाँ में तैरते सफ़ेद बादलों में अनोखी आकृतियाँ अनुभव की होंगी। मैंने भी की थीं एक बार जब मैं अपने सिटी वाले पुराने घर की छत पर शाम को डोल रहा था।)

अदृश्य चित्रकार

कुछ दिन पहले,
हमने सोचा टहलें।

दिमाग ने मन के विचार को सहमति दी,
और हमारी देह छत को चल दी।

छत पर थोड़ी देर टहले फिर सुस्ताए,
इसी सुस्ती के दौरान हमें जादुई चित्रकार नज़र आए।

असीमित लंबा कैनवास लिए,
अनगिनत रंग हाथ लिए।

अलग अनोखी तस्वीरें गढ़ रहा था,
उस कैनवास को निरंतर भर रहा था।

उसके चित्रों में हर कोई अलग पहचान बनाता था,
कभी हाथी तो कभी घोड़ा नज़र आता था।

ये चित्र न चलचित्र थे जिनमें गति विद्यमान थी,
इनकी दुल्हन-सी गति उस चित्रकार की विशिष्ट पहचान थी।

चित्र वो बनते बिगड़ते ही रहे उस शाम को,
था मैं उत्सुक जानने उस चित्रकार के नाम को।

शून्य में आवाज़ दी,
''क्या सुन रहा है भाई कोई?
जानना मैं चाहता हूँ, ये किसकी कल्पनाएँ साकार हुईं।

किसने अपनी कल्पनाओं को हसीं रंगों में डुबोया है,
है कौन जिसके चित्रों में चंचल ये मन मेरा खोया हे।''

आवाज़ मद्धम-सी पड़ी अनायास मेरे कान में,
था मैं उत्सुक-सा खड़ा उस चित्रकार की शान में।

मैंने सुना- ''ऐ नादान, मैं तेरे दिल में समाया हूँ,
तेरे दिल की धड़कन में, मैं साँस बनके छाया हूँ।

तेरी कल्पना ने तुझे तस्वीर का रूप दिखा दिया,
दूर बादलों को तूने तस्वीर मान सराह दिया।

मैंने जो दिखाया तुझे नज़र आया,
इसे ही तो कहते हैं मेरी माया।''

दुआ

(ये उस वक़्त की बात है जब मुझ अबोध को नया-नया धर्म और मज़हब का अंतर दिखाई दिया। साथ ही साथ मुझे इस अंतर के कारण उपजे दुष्प्रभाव भी दिखाई दिए। ऐसे में निष्पाप मन एक सपना देखता है और ऊपर वाले से उसके पूरा होने की दुआ करता है।)

दुआ

दुनिया में हम समझें ग़र पराया किसी को नहीं,
देखना ये दुनिया कितनी हो जाएगी फिर हसीन।

हर तरफ़ अपनों का ही चेहरा नज़र फिर आएगा,
भेद अपने दूजे का एक पल में यूँ मिट जाएगा।

सब मिलकर फिर गिरा देंगे हर एक दीवार को,
बाँटती है जो कि एक इंसान से इंसान को।

होकर पृथक रास्तों से सब एक सागर में मिल जाएँगे,
जहाँ सब एक-दूसरे को एक-सा ही पाएँगे।

न होगा कोई दुःख न कोई रंज ही रह पाएगा,
तू बता ए ऊपरवाले, क्या मेरा सपना सच हो पाएगा?

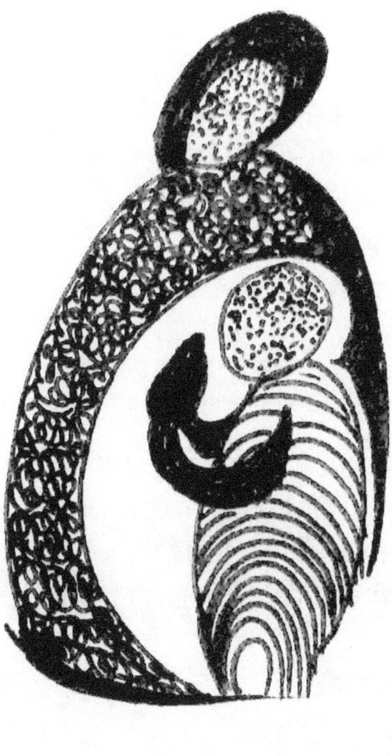

जीवन गुरु

(टीचर्स डे पर गुरुओं को समर्पित स्कूल में लिखी कविता...)

जीवन गुरु

मैं घड़ा बना हूँ मिट्टी से,
जिन के हाथों की थपकी से।
अबोध अँधेरा हरते जो,
ज्ञान किरण भर सृष्टि में।

डगमग क़दमों को मोड़े जो,
जीवन सत्य के रस्ते पे
मन–मस्तिष्क तक पहुँचाते
जिसे हम लाद ले जाते बस्ते में

वो जीवन के शब्दकोश,
वो अनुभव की कहानी हैं।
उनसे हमने हर पल सीखा,
कैसे जीवन–माल सजानी है।

फटकार में जिनकी संबल था,
हर बाधा से लड़ जाने का।
ज्ञान संजीवन से पोसते वो,
जो अधिकार दे इंसान कहाने का।

वो त्रुटि नहीं थी जिह्वा की,
उनको माँ पुकारा था।
माँ ने जो जीवन है दिया,
गुरुओं ने उसे सँवारा था।

क, ख, ग से नभ के खग,
जिन के कारण हम हो पाए।
उन सरस्वती के सच्चे सेवकों को,
मेरा कोटि–कोटि प्रणाम जाए।

बड़े होके क्या बनोगे?

इस सवाल का जवाब या तो हम औरों को देते हैं या फिर ख़ुद को। जो भी हो पर जब पहली बार इस सवाल का जवाब आता है तो वो जुड़ा होता है मासूम सपनों से। और कहते हैं न कि सवाल का जो तुरंत और सबसे पहला जवाब होता है वो दिल से आता है और सच्चा भी होता है। इस सवाल का मेरा सबसे पहला जवाब था- ''मैं आर्मी मैन बनूँगा।'' कारण नहीं पता। धीरे-धीरे ये उत्तर प्रखर होता गया और स्कूल के दिनों से ही बहुत-सी देश प्रेम की कविताएँ लिखीं। सीडीएस का एग्ज़ाम दिया। क्लियर किया और इलाहाबाद एनडीए में असेसमेंट दिया। छठा दिन आते-आते मम्मी की तबीयत ख़राब हो गई। भेजते वक़्त लगा था कि इनका तो क्या ही होगा। बहरहाल मम्मी नहीं चाहती थीं तो चयन तो कैसे ही होता। आख़िरी दिन बाहर हो गए, पर मन और क़लम पर सपने का असर कभी कम नहीं हुआ और आज भी है...

माँ का दर्द

(बात है सन 1999-2000 के बीच की जब मैं दसवीं कक्षा में था। करगिल युद्ध के दौरान कश्मीर के हालात और वीरों की गाथाओं ने इस कविता के लिए प्रेरित किया।)

माँ का दर्द

मैं आज तुम्हें भारत माँ के दिल कि आवाज़ सुनाता हूँ,
मैं इसकी दर्द भरी गाथा का भी आगाज़ उठाता हूँ।

भारत माँ की बेटी गंगा का पानी ऊपर उठ आता है,
जब विश्व में इसके घूँघट का अपमान किया यूँ जाता है।

घूँघट वो जिसमें केसर की क्यारी हरदम लहराती है,
घूँघट वो जिसको दुनिया भी धरती का स्वर्ग बुलाती है।

फिर क्यों उस केसर की क्यारी पर ख़ून के बादल छाए हैं,
कुछ भूले-भटके बच्चों ने माँ पर ही वार चलाए हैं।

मैं उन बच्चों को अब माँ की हर आह सुनाना चाहता हूँ।
मैं आज तुम्हें भारत माँ के दिल कि आवाज़ सुनाता हूँ।

जिन समझौतों को दुश्मन ने बेकार की रद्दी समझा था,
उन समझौतों को हमने अब तक दिल से लगाए रखा था।

पर माँ के ख़ून के कतरों ने अब ये आवाज़ उठाई है,
इन समझौतों की आड़ में दुश्मन ने बंदूक चलाई है।

हमने रंजिश का ख़्याल भुला यारी का फूल लगाया था,
पर दुश्मन ने ही तोड़ उसे घुसपैठी राज उगाया था।

हम तो फिर भी मौन रहे ताकि दुश्मन कुछ और जिए,
पर उसने अपनी हरकत से सब संयम के पुल तोड़ दिए।

मैं उस हरकत का दुश्मन को अंजाम बताना चाहता हूँ,
मैं आज तुम्हें भारत माँ के दिल की आवाज़ सुनाता हूँ।

उसके घुसपैठी राज की जड़ माँ के घूँघट तक आई है,
इसीलिए माँ के बेटों ने भी बंदूक उठाई है।

है काट दिया उन जड़ों को जो माँ के घूँघट को जकड़ सकें,
है काट दिया उन तनों को जो माँ के सीने पर बोझ बनें।

पर आज भी ज़िंदा है वो जो रंजिश के बीज को सींचता है,
जो धीरे-धीरे आगे बढ़ माँ के घूँघट को खींचता है।

पर भारत माँ के बेटे उसकी हर चाल भेदते जाएँगे,
और एक दिन वो आएगा जब दुश्मन को मार गिराएँगे।

दुश्मन का अंत है दूर नहीं विश्वास दिलाना चाहता हूँ,
मैं आज तुम्हें भारत माँ के दिल की आवाज़ सुनाता हूँ।

कितनी ही माँएँ बाँझ हुई कितनी माँगों का सिंदूर हटा,
कितनों की लाठी टूट गई कितनों का ही सर्वस्व लुटा।

चिट्ठी सरहद से आती थीं तो माँ मूरत बन जाती थीं,
फिर बड़े प्रेम से खोल उसे पढ़-पढ़ कर सलिल बहाती थीं।

फिर उस माँ के हाथों में एक दिन ऐसी चिट्ठी भी आई,
जिसको पढ़ कर उस माता की आँखों में बाढ़ उमड़ आई।

एक बहू का था जो सुहाग लुटा, एक बहिन ने खोया था भाई,
उस बहू की टूटी चूड़ी से फिर गूँज वार की थी आई।

मैं आज तुम्हें उस टूटी चूड़ी की झंकार सुनाता हूँ,
मैं आज तुम्हें भारत माँ के दिल की आवाज़ सुनाता हूँ।

ग़लती जो की है कई बार वो अबके ना दोहराएँगे,
जीता जो हिस्सा अबके तो वो हरगिज़ ना लौटाएँगे।

दुश्मन को अपनी गलती का अहसास जल्द हो जाएगा,
जब ख़ुद उसकी ही धरती पर भारत का ध्वज लहराएगा।

हम वीरों के बलिदान को यूँ व्यर्थ नहीं जाने देंगे,
जीतेंगे हम हर कीमत पर या प्राणों की बलि दे देंगे।

शहादत वीरों की बेकार नहीं उनको विश्वास दिलाता हूँ।
मैं आज तुम्हें भारत माँ के दिल की आवाज़ सुनाता हूँ।

लहू का सैलाब

(15 जून सन 2001 को एक मूवी रिलीज़ हुई– 'ग़दर–एक प्रेम कथा'। इस मूवी के ज़रिए मैंने पहली बार बँटवारे के दौरान हुई हिंसा का सजीव चित्रण देखा और मेरी रूह काँप गई। घर आते ही क़लम पकड़ ली और लिखता चला गया। अंत में जो निकलकर आया वो ये कविता थी। लहू का सैलाब।)

लहू का सैलाब

लहू के एक सैलाब ने खींची विभाजन की काली रेखा,
आँसू उसको कम पड़ते होंगे जिसने वो मंज़र देखा।

धोखे की एक चिंगारी ने आग ग़ज़ब की लगाई ,
तब लाशों के ढेर को लेकर गाड़ी अमृतसर आई।

पिता ने अपनी बेटी को पुड़िया ज़हर की थमाई,
खा लेना तू इसको बेटी गर आँच लाज पर आई।

इससे पहले की वो पुड़िया बेटी के होंठों तक आई,
बेदर्दों ने उसकी लाज की अर्थी ख़ूब सजाई।

उस इंजन की सीटी जैसे यम का आगाज़ लगी होगी,
कितनी ख़ामोश-सी चीख़ें उस गाड़ी से तब निकली होंगी।

वो घर वाले जो अपने लोगों को लेने आए होंगे,
कितने ग़म के बादल उनके दिल पर तब छाए होंगे।

नफ़रत के एक क़हर ने फिर एक और क़हर को बरसाया,
ऐसी ही लाशों की गाड़ी को फिर लाहौर था लौटाया।

दिल को दिल साँसों को साँसें देने लगे दुहाई,
क्यों इंसान ने इंसानियत की हर एक नींव ढहाई।

आज़ादी के सुनहरे पैन पर काली स्याही को बिखराया,
सबकी ही आँखें भर आती जब भी वो दिन है याद आया।

उस दिन जैसे सबकी ही बुद्धि पर महाकाल का था साया,
इंसानों ने यम का रूप लिया; मृत्यु का तांडव दिखलाया।

मृत्यु का तांडव देख के ऐसा त्रिदेव भी घबराए होंगे,
शिव के तीनों नेत्र भी उस दिन अश्रु से भर आए होंगे।

हैं नाम अलग सबके तो क्या, सबको है मैंने जन्माया,
फिर मेरे ही दो रूपों ने बुद्धि को क्यों है भरमाया।

जो सरल लगे वो राह चलो; सो राह बहुत-सी बतलाई,
पर मंज़िल तो सबको मैंने अपने तक की ही बतलाई।

मुझको ही मुझसे बड़ा किया, मुझको ही छोटा बतलाया,
ये कैसा अंधकार है जो तेरी बुद्धि पर है छाया।

जब बुद्धि की लगाम सियासतदारों के हाथ लग जाती है,
बुद्धि फिर पागल घोड़े-सी अपनों पर चढ़ जाती है।

अपनों के लहू के रंग की होली अच्छी लगने लग जाती है,
चिता अपने भाई बहनों की दिवाली का मंज़र दिखलाती है।

स्वयं दिग्भ्रमित हैं जो वो क्या तुम्हे राह दिखलाएँगे,
उनकी ही राह चले तुम तो वैसे कितने ही दिन आएँगे।

दिल को दिल ही रहने दो पत्थर का न पर्याय करो,
औरों के साथ नहीं कम-से-कम अपने साथ तो न्याय करो।

रात बहुत थी लंबी वो पर अब तो जगना ही होगा,
बेदर्दी के उस मंज़र को अब तो थमना ही होगा।

भाईचारे की नींव को हम आओ फिर प्रबल बनाते हैं,
लहू की उस काली रेखा को एक हो मिटाते हैं।

गहन काली उस रात का मंज़र भुला नहीं हम पाएँगे,
पर आओ ख़ुद से प्रण ये करें वो रात नहीं फिर लाएँगे,
वो रात नहीं फिर लाएँगे।

कॉलेज के दिन

इस वक़्त उम्र करवट ले रही थी और साथ ही कविता और शायरी के विषय भी। नया माहौल, नई शुरुआत। मन में अनेक आशंकाएँ और साथ ही अनेक उत्सुकताएँ। इस दौर में भविष्य के सपने भी थे और भविष्य का डर भी। ये महज संजोग था की मुझे इंजीनियरिंग में उदयपुर में ही दाख़िला मिल गया। चार साल घर पर रहकर पढ़ा, लेकिन बहुत से दोस्त बाहर चले गए। उनसे मुलाक़ात छुट्टियों में ही हो पाती थी। जहाँ पुराने दोस्त छूट रहे थे, कुछ नए दोस्त बन रहे थे। इसी दौरान पापा का रिटायरमेंट भी हुआ। फिर कैंपस की टेंशन। बहुत अलग अलग और नए अनुभवों का महासंगम था उम्र का ये पड़ाव- कॉलेज के दिन।

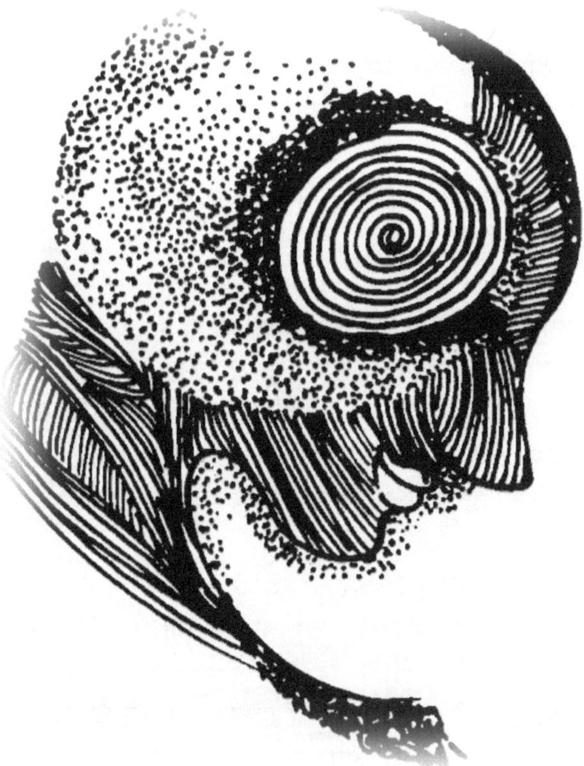

सपना

(कॉलेज की फ्रेशर्स पार्टी का मौक़ा था। कविता लिखने लगा तो पापा-मम्मी की अपेक्षाओं की छवि उसमें उभर आई क्योंकि और माता-पिता की तरह अपने पुत्र से उन्हें बहुत आशाएँ थीं और मुझे इंजीनियरिंग कराने के लिए उन्होंने बहुत कुछ दाँव लगा रखा था। मुझे और साथियों में भी उसी आस की छवि दिखाई देती थी। कहीं-न-कहीं दु:ख भी था क्योंकि हमारा कॉलेज भी रैगिंग से अछूता नहीं था। इन्हीं मिश्रित भावों का अंजाम है कविता- सपना)

सपना

मैं कौन हूँ? मैं सपना हूँ चार आँखों का,
आज़ाद हुआ हूँ कैदी था कच्ची उम्र की सलाख़ों का।

मैं सपना हूँ उन चार आँखों का जिनके पानी ने मेरी उम्र को सींचा है,
मैं सपना हूँ उन आँखों का जिन्होंने मेरा हर दर्द सहा, हर भार खींचा है।

आज ये सोच इस इमारत में आया है,
सपना जो ख़ुद कुछ सपने लाया है।

ये सपना हकीक़त के रंगों में डूबना चाहता है,
ये सपना सुंदर भविष्य के सपने बुनना चाहता है।

कुछ और भी सपने नए नवेले हैं बूढ़ी आस के,
नींव हैं जो अनगिनत अरमानों और अटूट विश्वास के।

कुछ अधपके सपने हैं जो हक़ीक़त की आधी सीढ़ी कर चुके हैं पार,
उम्मीद है मिलेगा सानिध्य उनसे और मिलेगा प्यार।

कई कलाकार भी हैं यहाँ जो इन सपनो में हक़ीक़त के रंग भर रहे हैं,
जो रखने को सुदृढ़ नींव देश की अपना सर्वस्व अर्पण कर रहे हैं।

उन कलाकारों की जितनी करो वंदना कम है,
उन्हीं के हाथों में भविष्य गढ़ने वाली क़लम है।

इस इमारत में बहुत से सपने पल रहे हैं,
पर कई सपने तिल-तिल जल रहे हैं।

वो सपने भविष्य में हक़ीक़त का नहीं काला रंग छिटक रहे हैं,
वो सपने अनजाने में गलत राह पर चल रहे हैं।

वो भी किन्हीं आँखों के सपने हैं उन्हें सँभालना होगा,
कालिख को बिसराकर भविष्य को हकीक़त के रंगों से भरना होगा।

आज प्रण करता है ये सपना,एक दिन हक़ीक़त बनकर दिखाएगा,
उन चार आँखों का ये सपना अपना प्रण ज़रूर निभाएगा।

दोस्त तू बहुत याद आता है

(स्कूल के बाद मैंने अपनी इंजीनियरिंग अपने शहर में ही की, लेकिन बाक़ी सारे मित्र बाहर चले गए। ऐसे में कॉलेज की छुट्टियों में जब मेरा अज़ीज़ दोस्त उदयपुर आता तो बीती यादों के जलसे लगा करते। पर जब वो फिर लौटने लगता तो मन उदास होकर बस यही पूछता–)

दोस्त तू बहुत याद आता है

दोस्त तू बहुत याद आता है,
बार-बार क्यों चला जाता है?

हो पास तो लड़ने से फ़ुरसत नहीं होती,
है दूर तो आँख कब नम नहीं होती।
शायद ये मोहब्बत समझ नहीं पाता है,
बार-बार क्यों चला जाता है?

जानता हूँ तुझे कितना परेशान करता हूँ,
बड़बड़ाता हूँ हरकतों से हैरान करता हूँ।
शायद इन सब से थक जाता है।
बार-बार क्यों चला जाता है?

दिल से उठे ज्वार तो रोक नहीं पाता हूँ,
घंटों बैठकर आईने के आगे तुझसे बतियाता हूँ।
सच है दिल शांत हो जाता है।
बार-बार क्यों चला जाता है?

तू है तो उम्मीद है; हौसला है,
तेरे बिन हर प्यार ढकोसला है।
मोहब्बत का मेरी नाजायज़ फ़ायदा उठाता है।
बार-बार क्यों चला जाता है?

कब फिर बैठेंगे साथ लहरों के किनारे,
चुप रहेंगे घंटों; बोलेंगे क़िस्से सारे।

क्या तुझे नहीं ऐसा वक़्त भाता है?
बार-बार क्यों चला जाता है?

दोस्त तू बहुत याद आता है,
बार-बार क्यों चला जाता है?

आरंभ

(जैसे हमारी फ्रेशर्स पार्टी हुई थी ऐसे ही अब हमारी बारी थी जूनियर्स को फ्रेशर्स पार्टी देने की। ये कविता लिखी थी अपने जूनियर्स के स्वागत के लिए।)

आरंभ

उड़ते- उड़ते हमें मिले,
नभ में नव-खग साथी।
पूछा- ''कहाँ तुम्हारी मंज़िल?''
बोले- ''जहाँ तुम्हारी मंज़िल जाती।''

अपनी आँखों का प्रतिबिंब,
उनकी आँखों में दिखता था।
हर उज्ज्वल-सी आँख में बस,
क्षितिज पार का सपना था।

वो भी उड़ते थे इठलाते,
हम जैसे ही पंख पसारे।
चहक में जोश भरा था ऐसा,
जैसे चुग लेंगे नभ के तारे।

पूछ रहे थे हम से वो सब,
क्या सही राह हम जाते हैं?
या इस राह के अंतपूर्व ही,
पंख थक-हार गिर जाते हैं?

हमने पूछा तेज़ चहक में,
मायूसी क्यों सोती है?
सुना ही होगा परों का क्या है,
हौसलों से उड़ान होती है।

पद-चिह्नों का संबल छोड़ें,
आओ अपनी राह बनाएँ।
विपरीत हवा के झंझावात से,
टकराकर हर क्षितिज पे छाएँ।

जब एक ही मंज़िल एक ही राहें,
क्यों मन में शंकाएँ भरें ?
डाल हाथ में हाथ चले,
और स्वयं से प्रण ये करें-
तोड़ने हर ऊँचाई का दंभ,
इस नव उड़ान का है आरंभ।

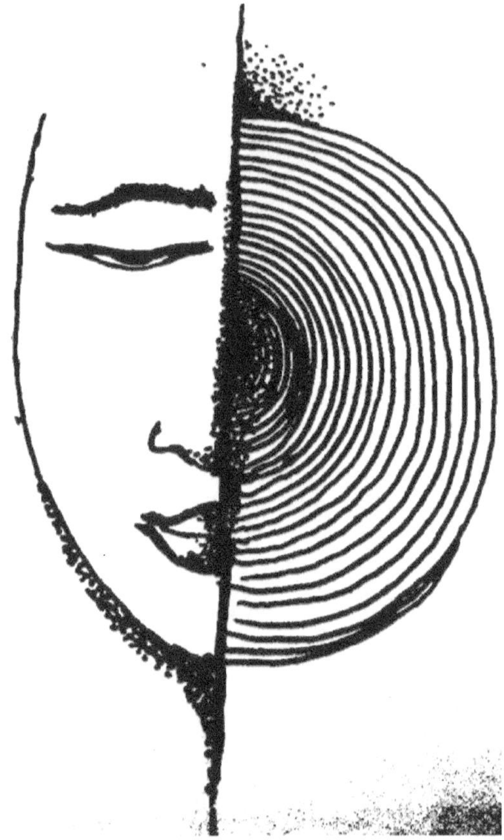

सोच और सत्य

(कॉलेज के सेकंड ईयर में था जब पापा सेवानिवृत्त हुए। पापा लगभग 40 साल LIC में काम करके सेवानिवृत्त हो रहे थे जो कि एक लंबा सेवा काल था और साथ-ही-साथ एक बेदाग़ सेवाकाल। ये मेरे लिए पिता के धैर्य का परिचायक था और उस वक़्त मेरे मन में पिता की एक विशाल वृक्ष रूपी पेड़ की छवि उभरी जो धैर्य और दृढ़ता से खड़ा रहता है और शाख़ों पे फूल पल्लवित करता है। मैंने कोशिश की ये लिखने की, कि वो वृक्ष इस अवसर पे क्या सोच रहा होगा...)

सोच और सत्य

एक वृक्ष खड़ा नव अरुणा में कुछ सोचे और विचार करे,
मंद हवाएँ चिंतन की पत्तों में फिर झंकार करे।

वह सोच रहा पल्लवन मेरा क्या आज क्षितिज को पा ही गया,
वह सोच रहा नवअंकुर पर क्या बूढ़ा ठूँठ है छा ही गया।

वह वृक्ष खड़ा यह सोच रहा क्या आज व्यर्थ मैं घोषित हूँ?
क्या मेरा नहीं महत्व अब कुछ जब सत्य की खाद से पोषित हूँ।

झूठ का DDT जिसके तन को कभी न छू पाया,
बारिश का सदैव इंतज़ार किया दूषित जल से न सिंच पाया।

वह वृक्ष भला क्यों बाधित है निरंतर सेवा पहुँचाने को।
वह वृक्ष भला क्यों बाधित है कर्तव्य पथ से हट जाने को।

अनायास ही वृक्ष को फिर कुछ नव अंकुर थे नज़र आए,
देख रहे थे उसको जो अपनी नन्हीं बाहें फैलाए।

वो सीख रहे थे उससे कि कैसे धरती पर रहना है,
कैसे धरती से जुड़ कर भी हरदम ऊपर को उठना है।

उस वृक्ष से वो सब पाते थे एक छ्नी धूप की गरमाहट,
इतने में उसके तन पे हुई एक ऊपर को बढ़ती-सी आहट।

देखा तो एक मुस्काती बेल ऊपर तक उसके साथ में थी,
टेढ़े-मेढ़े रस्तों पर हाथों में डाले हाथ वो थी।

देख के इन सब को उसके मन में था फिर उल्लास भरा,
जैसे सूखी भूमि फिर से हो गई हो प्रफुल्लित धरा।

कर्तव्य अभी भी शेष बहुत; बहुत काम है शेष अभी,
मुझे इनको बढ़ाना है जो देख रहे हैं मुझे सभी।

कर्तव्य राह न पूर्ण हुई और कभी न हो पाई,
लेकिन बीते रस्ते की स्मृतियाँ मन से न जा पाईं।

मराज़िम

(एमबीए के दौरान मैं पहली बार हॉस्टल में रहा। बहुत ही अनूठा अनुभव था और जाते-जाते ये लग गया था कि आवश्यक अनुभव भी है। एमबीए पूरा करके कॉलेज से जाते वक़्त लिखी थी ये कविता मराज़िम... जो अपने में हॉस्टल और कॉलेज की याद को समेटे हुए है।)

मराज़िम

कभी नहीं मिटता मराज़िम मंज़िल और प्यास का,
ये अंजाम नहीं आगाज़ है नई तलाश का

कुछ गुदगुदाती यादें कुछ अनमने पल,
अब कारण खोजता हूँ इस पल के इंतज़ार का।

हर राह हर मंज़िल के निशाँ हैं इस दिल पर,
पर ये निशान कुछ और हैं उम्र के हसीं मुकाम का।
कभी नहीं मिटता मराज़िम...

उल्लू यहाँ रातों को सोते थे,
रात का हर पहर शेरों के नाम था।

ठहाकों की दहाड़ों से हिलती थीं दीवारें,
वो पूरी तीसरी मंज़िल नहीं, अकेले 312 का काम था
कभी नहीं मिटता मराज़िम...

रिश्तों के फूल काँटों की क़लमों पर,
नहीं तो मज़ा क्या है ख़ुशबू के अहसास का

कितने ही तरकश हैं दिलों में मेरे नाम के,
सबसे माफ़ी है मेरी न ज़िक्र करूँगा जख़्मों के नाम का
कभी नहीं मिटता मराज़िम...

आज़ादी की वख़त फ़क़त बंदिश समझती है,
सुकून है, है वक़्त आज़ादी के एहतराम का

इस आज़ादी की क़ीमत न बनना दोस्तो,
नागवार है आज़ादी ग़र ये दोस्ती का अंजाम था
कभी नहीं मिटता मराज़िम...

खोने को कुछ नहीं है सब पिताजी की नेमत है,
पाया वो जो तुम सब में ख़ास था

चलता हूँ नई तलाश पे साथी,
फिर चाहिए संबल तुम सब के विश्वास का
कभी नहीं मिटता मराज़िम...

नहीं उठता है झोला जाते हुए छोटा-सा,
गौं खज़ाना है इसमें दो सालों की याद का

क्या जुड़ाव इक पलंग, इक कुर्सी-मेज़, इक अलमारी से
गवाह है हर इक मेरी जंग मेरी प्यास का
कभी नहीं मिटता मराज़िम...

और प्यार हो गया...

कभी आपने अध-पका आम खाया है? या फिर आपको याद है, जब पहली बार किसी ऐसी दीवार या जगह से कूदे हों जो आपके लिहाज़ से बहुत ऊँची हो? बस ऐसा ही होता है पहला प्यार। खटास भी, जलन भी और मीठा भी। आपको पता है आँखें भीज जाएँगी पर उस स्वाद का मज़ा लेना होता है। डर के मारे आँखें बंद हो रही होती हैं, पर कूदने के जोख़िम के एहसास को महसूस ज़रूर करना होता है।

तो भाईसाहब ये वो वाला प्यार होता है जब आपको प्यार की स्पेलिंग भी नहीं पता होती है। और अक्सर ऐसे वाले प्यार में लड़कियाँ आपसे पहले स्पेलिंग सीख जाती हैं और कहती हैं, बचपने में ग़लत स्पेलिंग सीख गए थे तुम, ''ग्रो अप''। और भोंदूराम जी को लगता रहता है कि हम ही सही थे। बहरहाल प्यार हो गया तो हो गया, ग़लत स्पेलिंग ही सही पर कुछ-न-कुछ अर्थ तो सिखा ही गया। पर अर्थ से ज़्यादा स्पेलिंग के अंक होते हैं तो हम फ़ेल हो गए। और प्यार में हारकर कविता लिखने वाले को 'कवि' कहते हैं। तो ये पड़ाव नाम है पहले प्यार के पहले ग़म को...

नई कहानी

(ज़िंदगी के कुछ अनुभव आपके जीवन और आपकी सोच को बहुत प्रभावित करते हैं। पर वक़्त का मरहम जब दर्द को सुखाने लगता है तो हम सोचते हैं क्या वाक़ई इस दर्द में इतनी ताक़त है कि मुझे बदल दे या अब वक़्त आ गया है आगे बढ़ने का।)

नई कहानी

जब से मिला तेरा आख़िरी ख़त,
हर ख़त से डर अब लगता है।
जाने क्या हो इसके भीतर,
सोच के दिल ये डरता है।

एक कहानी आधे जीवन-सी,
आधी पंक्ति में अंत।
अनायास ही आया पतझड़,
जाने कब गुज़रा बसंत।

बीती बातें धुँधली-धुँधली,
याद अंत के शब्द वो चार।
जिन्होंने बदला जीवन मेरा,
बदला मेरा सबसे व्यवहार।

हँसी लगे चिपकाई-सी,
खुशियाँ अपनी होके पराई-सी।
रब जाने वो आख़िरी शब्द कब भूल पाऊँ,
शायद कोई नई कहानी लिख पाऊँ।

एक बूढ़ा क़िस्सा

(पुरानी यादों की परछाईं से दामन छुड़ा जब हम आगे बढ़ते हैं, तो यदा-कदा मन के दरवाज़े पे पुरानी यादों की दस्तक हो ही जाती है। और दरवाज़ा खोलने पे सामने खड़ा होता है यादों का एक बूढ़ा बाबा।)

एक बूढ़ा क़िस्सा

यादों की आहट पर दिल ने दरवाज़ा खोला,
खुलते ही दरवाज़ा एक बूढ़ा किस्सा बुलंद आवाज़ में बोला:

"पहचाना मुझे ?
जब मैं जवान हुआ करता था,
तुम्हारी आँखों में बसा करता था।
धीरे-धीरे तुम्हारी याद्दाश्त का दामन मुझसे छूट गया,
तन में मेरे जोश का ख़ून सूख गया।

क्या तुम्हारा दिल अब पत्थर हो गया ?
क्या भावनाओं का चमकता सूरज नीरसता के समंदर में सो गया ?"

मैंने कहा-
"ग़र ऐसा होता तो दिल दरवाज़ा न खोलता,
तुम्हारी बातों को ध्यान से सुन सार्थकता न टटोलता।
पर ये सच है कि मैं तुम्हें भूल जाना चाहता हूँ,
क्योंकि बीते हुए कल में नहीं आने वाले कल में जीना चाहता हूँ।

बाक़ी हर याद को आज आमंत्रण है,
पर तुम्हारे लिए ये दरवाज़ा बंद है।"

दरवाज़ा बंद तो कर दिया पर वो क़िस्सा अब भी वहीं खड़ा है,
मेरे दिल को स्थाई आवास बनाने पे अड़ा है।

रात्रि

(रात के स्थिर सन्नाटे में जब मन विचारों की हवाओं के आग़ोश में कहीं दूर निकल जाता है तो अनेक सवालों के जंगलों से गुज़रता है। ऐसी ही एक गहन रात में सोच के सफ़र की गवाह है ये कविता- रात्रि।)

रात्रि

थकी साँसों के तकिये पे,
रोज़ रात मेरी जागती है।
मौत-सी पसरी चादर,
आग़ोश में लेने को पुकारती है।

पुष्प बने तारे आतुर हैं,
उस रास्ते पे बिछ जाने को।
देह पवन-सी हल्की हो,
चाहे जहाँ बह जाने को।

पत्ते राग अदाना[1] गाते,
सोच अंतिम रात्रि है आज।
मौन चाँद की रोज़ हूँ सुनता,
बेचारे मानव पर अट्टहास।

सन्नाटा कानों में चिल्लाता,
क्या अर्थ शेष है जीवन का।
जिसको भी छुआ वो खिन्न हुआ,
और न्याय स्वयं से कर न सका।

अपने ही घर में बंदी हूँ,
अनगिनत कुंठाओं का।
दोषी मुझे ठहराया गया,
विश्वास के व्यवसायों का।

1. रात में गाया जाने वाला राग

किंतु ऐ ठहरे परिदृश्य बता,
क्या केवल मैं ही दोषी हूँ।
ग़लती मानव की मज़बूरी,
पर सद्कर्मों का भी पोषी हूँ।

प्यार करूँ तो ऐसा हो,
तेरा परिचय बन जाऊँ।
आवाज़ लगनी हो तुमको
और मैं पुकारा जाऊँ।

दौर ग़ज़लों का...

बात हो ग़म की और ग़ज़ल न हो तो वो ग़म ही झूठा... पहली ग़ज़ल जिसे सुनकर मेरा रुझान ग़ज़लों की तरफ़ हुआ वो थी ''तुमको देखा तो ये ख़्याल आया''। उसके बाद ग़ज़ल लिखने का प्रयास शुरू किया। उर्दू में मेरी इतनी दख़ल थी नहीं, पर शेर लिखने का चस्का चढ़ा हुआ था। सो कुछ ग़ज़लें लिखीं और आज भी जब बशीर बद्र साहब या मुन्नवर राणा साहब को सुनता हूँ तो क़लम ग़ज़ल का रुख़ कर लेती है। और वैसे भी

ग़ज़ल ज़रिया है ग़रीबों का ऐ-दोस्त
अल्फाज़ भी कम लगते हैं रोशनाई * भी।

* स्याही

अब तेरे शहर से नहीं गुज़रता मेरा रास्ता

अब तेरे शहर से नहीं गुज़रता मेरा रास्ता

अब तेरे शहर से नहीं गुज़रता मेरा रास्ता
अब राहों का मंज़िलों से क्या वास्ता

मैंने लुत्फ़ उठाया है हर रंजो ग़म का
सब कुछ दिया ज़िंदगी ने जो उसके पास था

अब ख़ौफ़ कैसा किसी के खोने का
हर शख़्स लापता है जो मेरा ख़ास था

अब मेरे आईने के भी अक्स हज़ार हैं
एक वक़्त था जब मैं बेनक़ाब था

मुबारक हो इंसान से दुनियादार हो गया,
ऐ 'कवि' यूँ ही फ़िकरमंद है तू लाजवाब था।

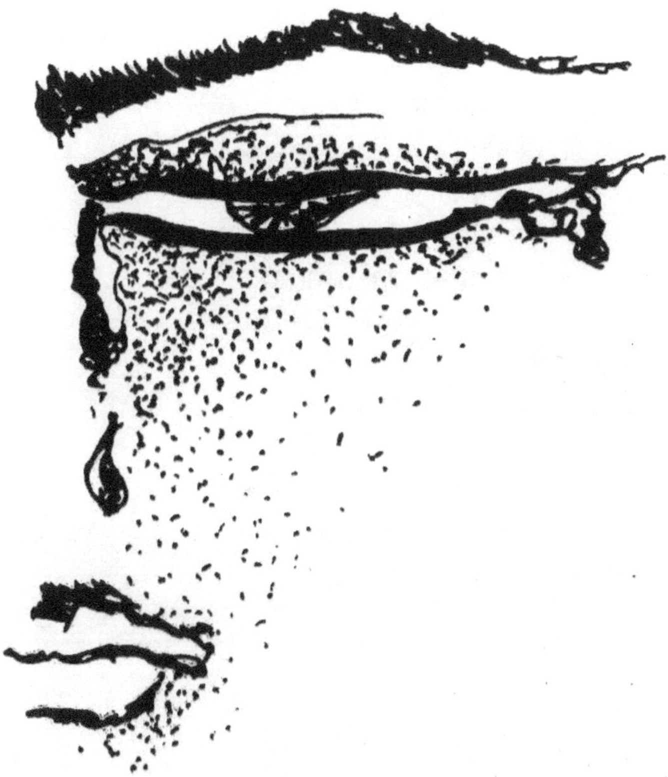

ख़ता

ख़ता

ज़िंदगी न जाने क्या हुई मुझसे ख़ता
तू मुझसे ख़फ़ा मैं तुझसे ख़फ़ा।

तूने मुझसे माँगा बहुत मैं भी माँगता रहा
न तू दे सकी कुछ न मैं दे सका

आई थी तू एक ख़्वाब बन कर
मगर ये सच हो न सका

तूने मुझसे माँगी रिश्तों से वफ़ाई
पर मुझसे न हुई किसी रिश्ते से वफ़ा

डर डर के आगे बढ़ रहा हूँ
न ही राहों की ख़बर न ही मंज़िल का पता

सब कहते हैं उसको भूल जाऊँ,
जिसकी याद ने ज़िंदा रखा।

चाहते तो हम भी तुम्हें भुला सकते थे

चाहते तो हम भी तुम्हें भुला सकते थे

अपनी तक़दीर अपने हाथों से बना सकते थे
चाहते तो हम भी तुम्हें भुला सकते थे

होके बेवफ़ा वो आबाद हो गए
एक छोटा-सा इल्ज़ाम हम भी उठा सकते थे

ग़र दिलो-दिमाग़ में जंग न होती
कुछ शोहरत हम भी कमा सकते थे

जिस मोड़ पे मोड़ा मुँह उसने
नई राहें हम भी बना सकते थे

फिर भी मलाल नहीं हमको ज़रा भी
बिन साँसों के तक़दीर से क्या पा सकते थे

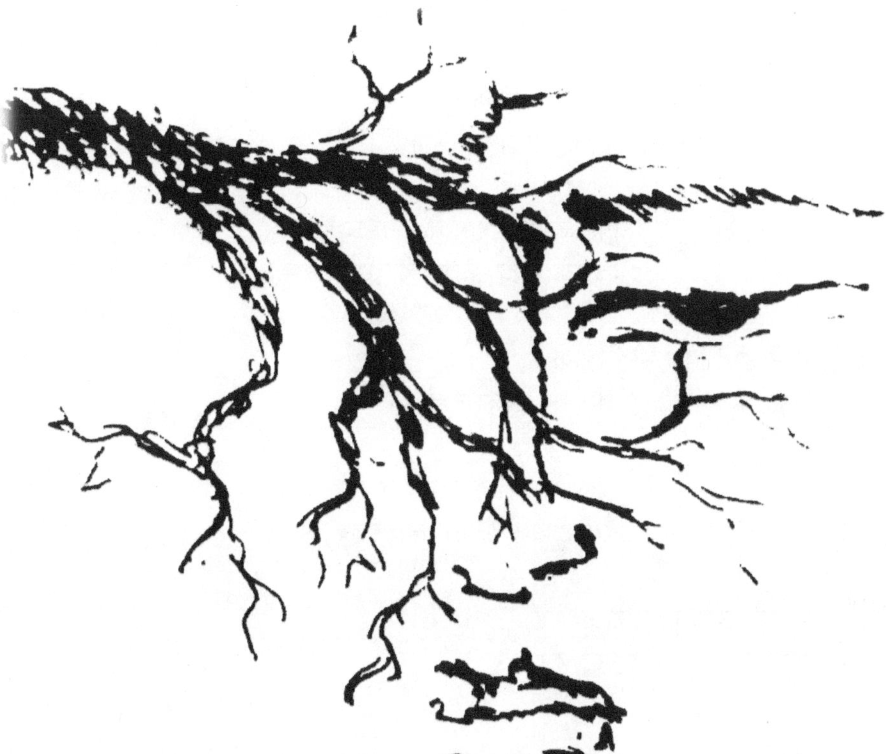

हवाएँ वक़्त की ठीक नहीं हैं

हवाएँ वक़्त की ठीक नहीं हैं

हवाएँ वक़्त की ठीक नहीं हैं,
अब वो मेरे क़रीब नहीं हैं।

क्या वास्ता उन्हें मेरी ख़ुशियों से,
मेरे ग़म में भी वो शरीक़ नहीं हैं।

पहले दूरियों पे बाँधते थे शब्दों के पुल,
अब बेरुख़ी का बहाना है कि क़रीब नहीं हैं।

फिर उसी अंजाम के आसार हैं,
जिसके लिए सोचते थे इसकी उम्मीद नहीं है।

रस्मे हँसी फिर भी निभानी है,
यहाँ अश्कों की नुमाइश का दस्तूर नहीं है।

दिल फिर से ढूँढ़ता है तन्हाई का इलाज,
क्यूँ ठोकरों से सीखना मंज़ूर नहीं है?

हवाएँ वक़्त की ठीक नहीं हैं,
अब वो मेरे क़रीब नहीं हैं।

ज़िंदगी कट रही है साँसों के बहाने

ज़िंदगी कट रही है साँसों के बहाने

ज़िंदगी कट रही है साँसों के बहाने,
कभी जी भी लेते हैं जाने अनजाने।

दिल की बातों में न बहला ऐ दिल,
अब नहीं लिए जाते ये बयाने।

दफ़्न फूल नहीं इक अफ़साना है इक किताब में,
हरदम ज़मींदोज़ नहीं होते क़ब्र के ठिकाने।

वक़्त आगे बढ़ गया धड़कन की रवानी भी,
मैं अब भी ठहरा हूँ शायद कोई आए बुलाने।

न जाने क्या ही समेट लिया क़िस्मत-क़िस्मत में,
न जाने क्या निकले थे कमाने।

जुस्तजू इस क़दर की जिसके आगे कोई आरज़ू नहीं,
फिर क्यों ज़र्रा नहीं करता साज़िश मिलाने।

उम्मीदों के चिराग़ों को भी क्या समझाऊँ,
बाक़ी नहीं बचे जज़्बात इस लौ को जलाने।

घर से दूर

इंजीनियरिंग करते वक़्त ही कैंपस प्लेसमेंट पुणे की कंपनी में हो गया। फ़ाइनल ईयर होते ही मैं पुणे चला गया और ये पहली बार था जब मैं घर से दूर जा रहा था। मैं जॉब में रहते हुए घर से बाहर गया था तो कॉर्पोरेट कल्चर और अकेलेपन से मेरा पहला सामना एक साथ हुआ। घर की बहुत याद आती थी और तब उस दौर में मैंने घर से दूर होने की मजबूरी पर कई कविताएँ लिखीं। बीच-बीच में घर वाले आते और चले जाते तो रिक्त को और रिक्त कर जाते थे।

दीवारें

(इंजीनियरिंग तक पूरी पढ़ाई घर ही में रहकर की। घर से पहली बार नौकरी के लिए बाहर निकला। पुणे के किराए के मकाँ में जब अकेले बैठा होता तो दीवारें काटने को दौड़ती थीं। पर फिर मैंने उन्हीं से दोस्ती कर ली। वैसे ये कहावत सावधानी के लिए प्रयोग की जाती है, पर सोचिए यदि दीवारों के भी कान होते हैं तो वो कितनी अच्छी दोस्त हो सकती हैं जो आपकी हर बात चुपचाप सुन लें।)

दीवारें

जब से घर से दूर आया हूँ
मैं ये जान पाया हूँ
लोग सही कहते हैं, दीवारों के भी कान होते हैं।

थककर जब घर आता हूँ,
ख़ुद को बहुत अकेला पाता हूँ।
लेकर इन दीवारों का सहारा बैठ जाता हूँ
पूरे दिन की हर बात सुनाता हूँ।
न ये हँसती हैं न आँखों में अश्क होते हैं,
फिर भी–
लोग सही कहते हैं; दीवारों के भी कान होते हैं।

बतियाकर इनसे ख़ुद को हल्का पाता हूँ,
कहते–कहते अपनी बात इनके आँचल में सो जाता हूँ।
कभी ख़ुश हुआ तो रंग निखरे नज़र आते हैं,
कभी घिरा ग़म से तो पिघल जाते हैं।
ये बदलते रंग दीवारों के इनकी ज़ुबाँ होते हैं,
क्योंकि –
लोग सही कहते हैं; दीवारों के भी कान होते हैं।

ये दीवारें मेरी यादों की साथी हैं,
तभी तो कीलों की टीस भी सह जाती हैं।
कभी टँगती हैं अपनों की तस्वीरें,
कभी कपड़ों के ज़रिये मेरा स्पर्श पाती हैं।
अपना प्यार जताने के इसके भी अलग अंदाज़ होते हैं।
तभी तो–
लोग सही कहते हैं; दीवारों के भी कान होते हैं।

चिट्ठी

(मोबाइल होते हुए भी हमारे परिवार में पत्राचार की परम्परा क़ायम रही। और घर से पत्र आने पे ऐसी ख़ुशी महसूस होती मानो उस ख़त के साथ कोई घर वाला ही आ गया हो।)

चिट्ठी

कितने दिनों बाद मेरी तन्हाई मिटी,
रोशनी हुई मेरे कमरे में मुझे परछाईं दिखी।

न उगा है सूरज; न किसी ने लौ जलाई है,
है उजाला मेरे मन में गौं अपनों की चिठ्ठी आई है।

उस चिठ्ठी में मुझे अपनी ही ख़ुशबू आती है,
उस अपनत्व की चमक में ख़ुद की परछाईं नज़र आती है।

उन अक्षरों को न जाने कितनी बार दोहराया है,
हर शब्द में मैंने एक रिश्ता पाया है।

किसी ने दी है आशीष; किसी ने प्यार भिजवाया है,
किसी ने कोसा है मुझे; किसी ने दिल से बुलाया है।

सोचता हूँ क्या लिखूँ उत्तर सवाल का क्यूँ दूर हूँ,
लिख तो दिया है पर क्या वाक़ई मज़बूर हूँ?

लगता है जैसे ख़ुद को धोखा दे रहा हूँ,
पता नहीं है झूठ या सच कह रहा हूँ।

पर हाँ एक बात हृदय से जानता हूँ,
मैं अब भी रिश्तों की गर्मी पहचानता हूँ।

बंद होगा ये ख़त किताबों में फिर अँधेरा हो जाएगा,
पर हर मजबूरी से परे ये सूरज फिर घर आएगा।

मेरा घर कल फिर मकाँ होगा

(घर से दूर रहते हुए पापा-मम्मी की कमी हर पल खलती है। जब कभी कुछ दिनों के लिए मिलने आते तो मानो घर भी आह्लादित हो उठता है। पर उनके जाते ही मानो घर महज़ एक मकाँ बनकर रह जाता है।)

मेरा घर कल फिर मकाँ होगा

मेरा घर कल फिर मकाँ होगा,
बस लौट गए अपनों की यादों का निशाँ होगा।

गूँगी दीवारों के उतरते रंग,
हर लम्हा गुज़ारना इम्तेहाँ होगा।
मेरा घर कल फिर मकाँ होगा...

न अलविदा कहेगा दफ़्तर जाते हुए कोई,
न राह तकता मेरा जहाँ होगा।
मेरा घर कल फिर मकाँ होगा...

न होगा कोई सुनने को दिन भर के क़िस्से,
मेरा दिल भी मुझसे बेज़ुबाँ होगा।
मेरा घर कल फिर मकाँ होगा...

न जाने कैसे रह पाऊँगा इसमें,
कल जब मेरा घर फिर मकाँ होगा।
मेरा घर कल फिर मकाँ होगा...

मेरा घर कल फिर मकाँ होगा,
बस लौट गए अपनों की यादों का निशाँ होगा।

ये घर कुछ बोलता क्यों नहीं?

(पापा-मम्मी जब कभी मेरे पास रहने आते और कुछ दिन रुककर लौट जाते, तो उन कुछ दिनों में समेटी यादें ऐसे सवाल खड़े कर देतीं जिनके उत्तर खोज पाना बहुत मुश्किल हो जाता।)

ये घर कुछ बोलता क्यों नहीं?

ये घर कुछ बोलता क्यों नहीं,
मैं दरवाज़ा खटखटाता नहीं;
अंदर से दरवाज़ा कोई खोलता नहीं,
ये घर कुछ बोलता क्यों नहीं।

न कोने में कोई बैग पड़ा है,
न ही बालकनी में कोई कपड़े सूखे हैं।
न वो चप्पलें हैं जिन्हें देख के पता चल जाता था; अंदर कोई है।
अब फ्रिज़ में खाने के लिए फल टटोलता नहीं।
ये घर कुछ बोलता क्यों नहीं।

न थकी आँखों पे नरम थपकी है,
न लेट नाइट फेसबुक बंद करने की धमकी है।
न मेरे लैपटॉप पे नेट न चलने की शिकायत है।
मुझे अब भी महसूस हो रहा हे वो,
पर मुझसे ये कोई बोलता नहीं।
ये घर कुछ बोलता क्यों नहीं।

कैसे जीने की आदत पड़ गई ऐसे,
उन दोनों से यूँ दूर रह के।
बस दुख ही होता है अब; वाह री समझदारी कि ख़ून खौलता नहीं,
ये घर कुछ बोलता क्यों नहीं।

अब ठहरना चाहता हूँ...

ये वो वक़्त है जब नौकरी लग चुकी है, घर से दूर रहने का वियोग और मस्ती दोनों से रूबरू होकर मन भर चुका है। ज़रूरत है उसके साथ की जिससे अब तक इस सफ़र की हर हार-जीत बाँटी थी। ज़रूरत थी क़िस्मत की लकीर पे भागते-भटकते क़दमों को ठहराव की, दिशा की, छाँव की, साथ की...

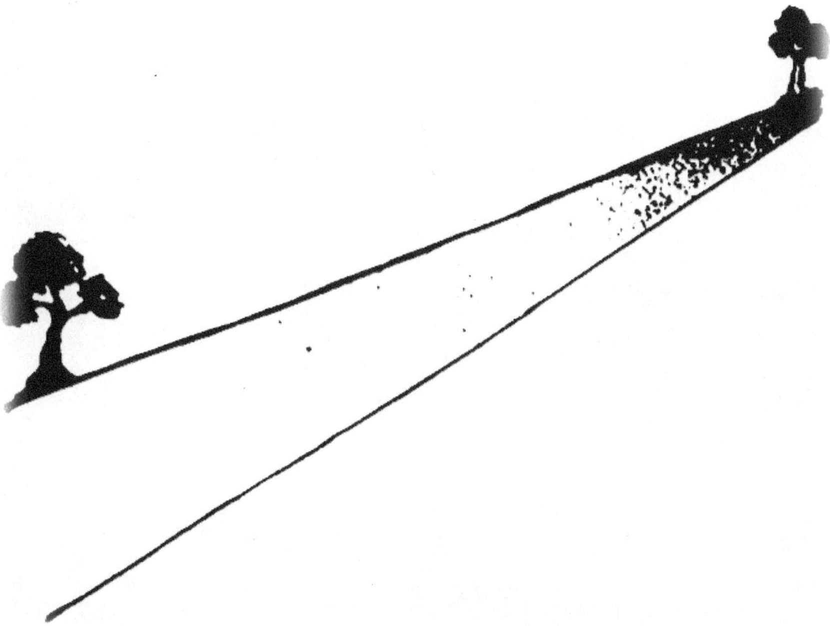

दो छोर

ज़िंदगी कहीं रुकती नहीं है और न रुकने देती है। या तो रास्ते बनाने पड़ते हैं या ख़ुद बता देती है। हम उन दो छोरों की तरह थे जिनके बीच कोई रास्ता नहीं था। बस वक़्त की हवाओं ने जैसे बीच के जंगल में एक पगडंडी-सी बना दी थी। उसी के बीच आकर एक दूसरे की ज़िंदगी की उलझनों को कम करने की कोशिश करते, मिल पाने की अपेक्षा के परे...

दो छोर

दो छोरों के बीच बसा था,
घास-फूस पेड़ों का जंगल।
पदचापों के प्रयास निरंतर,
बनी पगडंडी दो उंगल।

पगडंडी पर पुनः-पुनः चल,
छोर मिला फिर करते।
ज्ञात मार्ग का भर विश्वास,
नहीं किसी से डरते।

जब-जब शंका की बारिश से,
पगडंडी ढँकने लगती।
दोनों छोरों की कोशिश,
वो घास हटाया करती।

अब पगडंडी का मार्ग,
सहज छोरों को लगता।
सोचा क्यों न इसे बनाएँ,
ठोस प्रखर एक रस्ता।

संचित कुंठाओं के उपलों को,
दफ़नाकर एक मार्ग बनाया।
मार्ग के दोनों ओर था फिर,
मीठी यादों का वृक्ष लगाया।

यूँ ही शामें गाती थीं,
और रातें झूमा करती थीं,
उस रस्ते की विजय कहानी,
कोयलिया गाया करती थी।

तेज़ हवाएँ बरखा पानी,
और मेघों का गर्जन।
कब तक बचता मार्ग बेचारा,
पड़ी गहन एक तर्जन[1]।

कुंठाओं के उपल[2] आज फिर,
पाँवों में चुभ जाते हैं।
शाम रात जो गाते थे,
वो पंछी अब छुप जाते हैं।

ऋतुओं से अनभिज्ञ आज,
सब वृक्ष नग्न और ठूँठ हैं।
प्रेम विजय का राग सुनाती,
कोयलें बधिर और मूक हैं।

दो छोरों के बीच आज फिर,
घास-फूस का जंगल।
अन्यत्र दिशा वो छोर चले,
या स्वयं हो जाए जमीं दो उंगल।

बनती-मिटती पगडंडियों में,
उलझ न जाए छोर।
कुछ निशाँ तो बचे ही होंगे,
पिछली पगडंडी की ओर।

1. दरार 2. पत्थर

एक मार्ग तो चुनना ही होगा,
दो छोरों के बीच।
पंचतत्त्व से परे निकलकर,
पाओ पंचतत्त्व पे जीत।

जीवन के पार

इन दो छोरों को मिलने की कोई उम्मीद नहीं नज़र आ रही थी। लगता था की ये जन्म, ये रिश्ते, ये परिस्थितियाँ, ये समय इन सब में जकड़कर सब सूख जाएगा, सब मिट जाएगा। ऐसे में मन को लगता था कि समय की धारा के उस पार एक संसार है जहाँ सब एक हो जाते हैं। वहीँ मिलने की इच्छा करती थी...समय की बहती धारा पर जीवन के पार।

जीवन के पार

समय की बहती धारा पर,
आ जीवन के पार चलें।
खुली रहें आँखें चाहे,
उस पार के प्यारे सपने पलें।

ये पार भरा है तापों से,
रक्तबीज संतापों से।
स्मृतियों की काटें बेलें,
नव रंगों के पुष्प खिलें।
समय की बहती धारा पर,
आ जीवन के पार चलें।

रिश्ते-रिश्तों के बंधन हैं,
एक असमंजस में जीवन है।
पाकर भी मुझको प्राप्त नहीं,
कैसे फिर तुझको अपना कहें ?
समय की बहती धारा पर,
आ जीवन के पार चलें।

अनभिज्ञ हुआ जाता सबसे,
हर क्षण मिलने को मन तरसे।
पाँचों तत्वों से पा मुक्ति,
आ शुद्ध रूप में पूर्ण मिलें।
समय की बहती धारा पर,
आ जीवन के पार चलें।

शब्दों की नदिया

कविताएँ उसी में शब्द खोजने लगी थीं और भाव भी। उसका ज़िक्र कविता का उद्देश्य बन गया था और ये कविताएँ माध्यम उससे मिलने का...

शब्दों की नदिया

तू शब्दों की नदिया बन जा,
मैं भावों का सागर।

प्रेम के झरने से बहकर,
तू मिल जा मुझसे आकर।

तू प्यासी बिन मुझसे मिलकर,
मैं तुझ बिन निस्सार[1];
हम दोनों का मिलन ही तो,
दे जीवन कविता को आकार।

1. जिसका कोई अर्थ ना हो

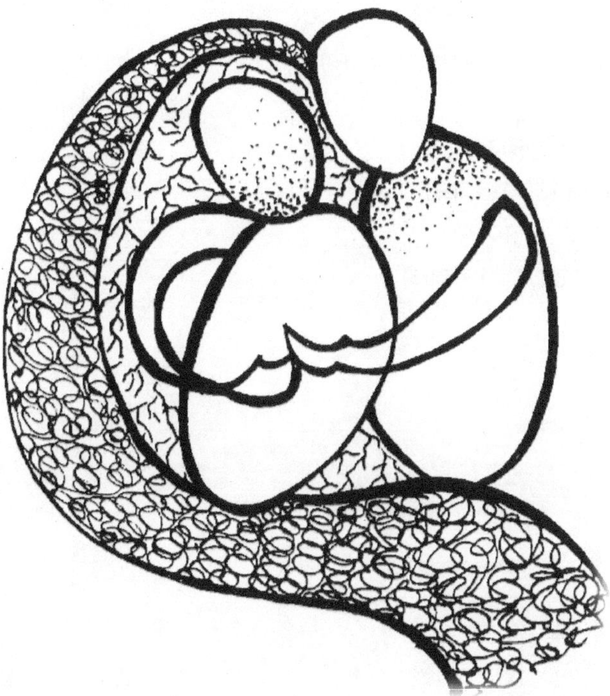

प्रणय

बोझिल तन्हाँ रातों को बस बातों का सहारा था। बातें जो याद के झरोखों में बैठ सपनों को आवाज़ लगाती हैं। और एक मीठी नींद का सुख देती हैं।

प्रणय

तू रात बनके सो जा,
मैं चाँद बनके निहारूँगा।
गाल पे बिखरी ज़ुल्फ़ों को,
झोंका बन के सवारूँगा।

नींद से बोझिल आँखों को,
ख़्वाबों का तकिया दूँगा।
नींद में हँसते अधरों को,
मीठी-सी बतियाँ दूँगा।

मन रूई-सा हल्का करके,
गहरी निद्रा का सुख पाओ।
मैं तुममें ही छुपा हुआ,
ये बंद आँखों में जान जाओ।

विवाह

एक स्वप्न मात्र। पर उसकी कल्पना बहुत अलग थी। एक ऐसा विवाह जिसकी हर रस्म में प्यार में महसूस किए हर एहसास की महक हो। चाहे विरह की जागती रात के तारे हों या मौन वार्तालाप की स्मृतियाँ...

विवाह

सपनों के फूलों का वरमाल,
हवन विरह की अग्नि।
जगती रातों के तारे,
बने तुम्हारी नथनी।

स्मृतियों की गाँठ से, बँधे हमारे हाथ,
सातों वचन बस ये बोलें, हो सात जनम का हाथ।
वेदों में गुँजाई जाएँ, मौन हमारी बातें,
विदा हो जाए तू साथ मेरे, बिन अश्रु हँसते-गाते।

अपने अंक की शैया पर, मैं रोज़ तुझे सुलाऊँ,
तुझको देख के गर्वित होके ख़ूब अश्रु बहाऊँ।

तुम मेरी बस मेरी इसमें ही ईश्वर पा जाऊँ।

ब्याह क्या होता है?

बहुत जतन के बाद ये सत्य हुआ... बहुत लोगों को अपनी अपेक्षाओं की बलि देनी पड़ी... और अब वक़्त था उन सबको आश्वस्त करने का कि हम कभी किसी का भरोसा टूटने नहीं देंगे। साथ ही मौक़ा था उसे भरोसा दिलाने का कि सब ठीक होगा...

ब्याह क्या होता है ?

(अपनी शादी के अवसर पर माता-पिता, परिवार एवं भार्या को समर्पित)

दो अँगूठियों के बदलने से दो लोग जुड़ जाते हैं ?
या दो मालाओं के बदलने से दो मन बँध जाते हैं ?
उम्र भर कितने ही वचन तोड़ कर सात वचन पर इक सदस्य घर ले आते हैं,
या माँग में भर सिंदूर अपना अधिकार दर्शाते हैं।
क्योंकि हो रही है मेरी भी शादी, कुछ सवाल मेरे भी मन में आते हैं।
ब्याह क्या होता है ?
सोचें तो क्या हम अपने माँ-बाप चुन पाते हैं ?
न ही माँ-बाप अपने इच्छित बच्चे जन्माते हैं।
किंतु शादी वो अवसर है जहाँ हम इक रिश्ता स्वेच्छा से बनाते हैं।

सौभाग्य मेरा मैं पुष्प बना इक ऐसे तरु की फुनगी का,
जो नहीं है निर्भर किसी साक्ष्य पर अपने उत्सर्ग की पुष्टि का।
जिस के तने की हर झुर्री उस के कष्ट की गाथा है,
वो कष्ट की खाद ही है जिस ने मेरे यौवन को साधा है।
जिनका यौवन इसमें बीता कि मेरा यौवन कैसा होगा ?
जब ब्याह रचाएँगे मेरा उनका यौवन फलित होगा।

मैंने चुनी है इक बदली, जो छाँव बने इस तरु[1] की,
बन के निर्झर जो प्यास बुझाए, कठिनाइयों के मरु[2] की।
बने गर्व वो इस तरु का, जो स्वाभिमान का पर्याय है
कार्य करे मन से वो जो, सर्वजन[3] सुखाय सर्वजन हिताय[4] है।
मेरे विश्वास पे है विश्वास, वो जीतेगी सबका विश्वास,
और फलित हो उस बदली से, ये तरु छुएगा नए आकाश।
हाथ जोड़ नतमस्तक, अभिलाषी हैं आशीर्वाद के,
सदा हाथ सर पर रखना ममतामयी, न बीतें दिन उन्माद के।

1. पेड़ 2. रेगिस्तान 3. सभी के लिए 4. फ़ायदेमंद

मंज़िलें पराई हैं

ये दौर है तीस पार का। अब तक बहुत छोटे-छोटे मक़सदों की सीढ़ियाँ चढ़ते हुए ज़िंदगी एक ऐसे मोड़ पर आ खड़ी हो जाती है जहाँ इंसान अपने असली वजूद को तलाशने की कोशिश करने लगता है। पहले पास हो जाना, फिर अच्छा कॉलेज मिल जाना, फिर कॉलेज में पास हो जाना, फिर नौकरी लग जाना, फिर प्रमोशन हो जाना, फिर शादी हो जाना। क्या यही मेरा मक़सद है? क्या यही ज़िंदगी है? क्या कभी ये इम्तिहान ख़त्म होंगे? क्या ज़िंदगी केवल इम्तिहान है? मैं क्यूँ हूँ? मेरा वजूद क्या है? ख़ुशी क्या है? कहाँ है? ऐसे कितने ही सवाल उसे घेरने लगते हैं। जो मंज़िलें पा ली हैं, लगता है वो उसकी थी ही नहीं। जो मैं हूँ वो तो मैं अब तक जिया ही नहीं।

हो अगर मुमकिन तो कोई ये बताइए,
क्यूँ हर मंज़िल पे लगता है कुछ और चाहिए?

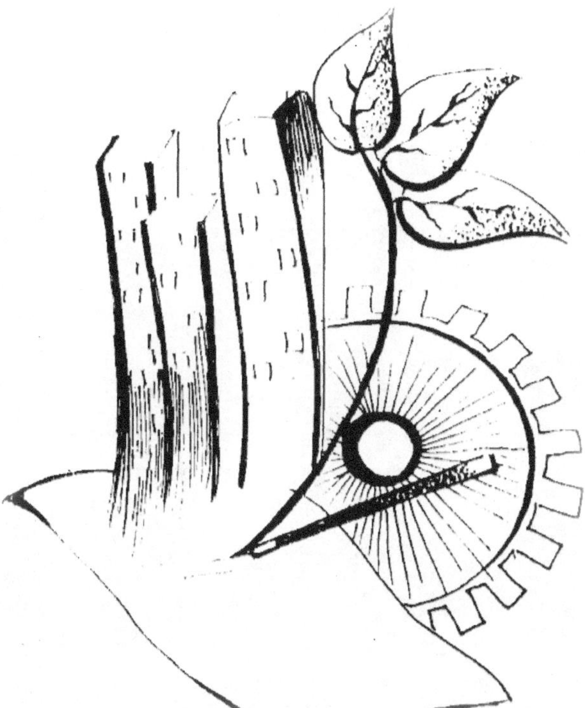

शायद अब भी ज़िंदा हूँ

(हमेशा दौड़ते इंसानों को देख के बहुत उलझन होती है और मन घबराकर ख़ुद से सवाल करता है- क्या मैं वाक़ई ज़िंदा हूँ या एक बेमक़सद-सी दौड़ती भीड़ का हिस्सा भर हूँ? फिर जवाब मिलता...)

शायद अब भी ज़िंदा हूँ

अब भी रातों को जागता हूँ,
अब भी सपनों के पीछे भागता हूँ,

अब भी औरों के लिए हँसता हूँ,
अब भी कुछ दिलों में बसता हूँ,

अब भी यादें गुनगुनाती हैं,
अब भी ज़िंदगी बुलाती है,

अब भी आँखों में नमी है,
अब भी किसी की कमी है,

शायद मैं, अब भी ज़िंदा हूँ।

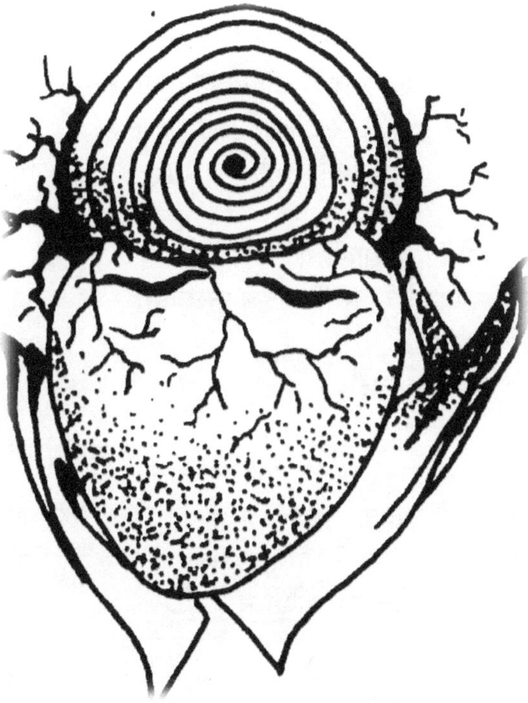

सवालों की पोटली

ज़िंदगी के सवालों के जवाब ढूँढ़ते-ढूँढ़ते हम ख़ुद को खो देते हैं। इतने कृत्रिम हो जाते हैं कि बाहरी दुनिया का बस एक मुखौटा भर रह जाते हैं। फिर भी लगता है कि यही दस्तूर है तो इसकी अदायगी से कम-से-कम अपनों को सुख दे पाएँ।

सवालों की पोटली

अनंत सवालों की पोटली,
कितनी लंबी, कितनी खोखली।
अनजान राहें, कृत्रिम मंज़िल,
सधी बातों से सच्ची जुबाँ तोतली।

हर क्षण बदलना, हर आँसू पीना,
हर क्षण ख़ुद में, किसी और को जीना।
धीरे-धीरे सब असहज हो जाना,
मेरे जीवन को समाज के तराजू में तोलती।

ज़िम्मेदारी या लाचारी, या सपनों की पहरेदारी,
पतझड़ सावन का विरह, या सुगंधित इक फुलवारी,
संज्ञाओं विशेषण से परे,
हर रोज़ नया इक भेद खोलती।

तेरा आलिंगन स्वीकार्य मुझे भी,
मेरे कंटक कितने कम हैं, चुभने दो सहज ही।
इस पीड़ा के पीछे का सुख,
बस उन की आँखों में देखूँ
इतना-सा तू वादा कर दे मुझसे मेरी बोझिल ज़िंदगी।

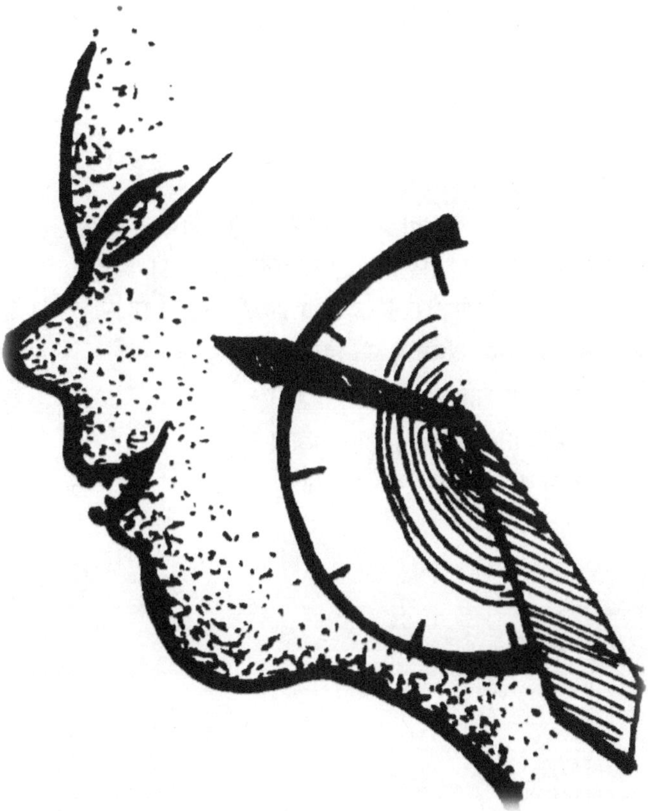

भविष्य का अट्टहास

इंसान मशहूर है योजनाएँ बनाने के लिए। भविष्य की अटकलें लगा कल की तैयारी में आज को स्वाहा करने के लिए। इस तैयारी और कल के भय में वो अपने आज के फ़ैसले भूल जाता है।

भविष्य का अट्टहास

योजनाओं पर अट्टहास उड़ाता है,
जब-जब भविष्य वर्तमान बन जाता है।
मनुष्य को यही सिखलाता है,
सुनियोजित भविष्य की योजना तेरा काम नहीं,
जो तेरे वश में है क्यों औरों का काम कर के गँवाता है।
योजनाओं पर अट्टहास उड़ाता है।

ये भोले-भाले समर्पित जोड़े,
जीवन की हर योजना अपने शिशुओं के लिए मोड़े।
पढ़ाया, लिखाया, समझाया, स्वावलंबी बनाया।
सिर्फ़ भविष्य में देखने के लिए इन सबकी वजह से उनको छोड़े।
पता नहीं क्या बंधन है जो हिम्मत फ़ैसलों की तोड़े।
शायद इसी भविष्य के भय के कारण,
जो योजनाओं पर अट्टहास उड़ाता है
जब-जब ये भविष्य वर्तमान बन जाता है।

न जाने कब इम्तिहानों की आदत होगी

कभी-कभी अनिश्चितता के भय से उकताहट होने लगती है। शुरू से डरते चले आ रहे हैं ज़िंदगी के प्रश्न पत्र से। पता है ये कभी ख़त्म नहीं होंगे। और अब तो इतने सारे उत्तर सुलझ भी चुके हैं। फिर क्यूँ डर लगता है इससे?

न जाने कब इम्तिहानों की आदत होगी

न जाने कब इम्तिहानों की आदत होगी,
न जाने कब लड़ते रहने की रवायत होगी।

क्यूँ रहता है बस सुनहरी सुबह का इंतज़ार,
न जाने कब शब से मुहब्बत होगी।

लड़ा भी हूँ, जला भी हूँ, तपा भी हूँ,
न जाने कब ख़त्म रूह में नरमी की मिलावट होगी।

ज़िंदगी का हर पन्ना तो सवालों की झड़ी है,
कैसे बढूँगा आगे ग़र सवालों से शिकायत होगी।

बस वो मुकाम आ जाए हर पन्ना हर रोज़ सुलझा लूँ
न रुकूँ किसी पन्ने पर इस तरह की झुँझलाहट होगी।

ऐ ज़िंदगी अब तू ही उस्ताद है, गुरु है मेरी
कभी निरुत्तर नहीं करूँगा तुझे; आख़िरी जवाब, मेरी शहादत होगी।

कुछ रुका-सा है

मानव के जीवन का मोटा-मोटा क्रम समाज और संस्कृतियों के हिसाब से तय रहता है और अधिकांश लोग इस धारा के साथ हो लेते हैं। लेकिन बहते-बहते एक वक़्त आता है जब हमें लगता है कि हममें कुछ रुका हुआ-सा है जो धारा के विपरीत है और बहने को आतुर है। किंतु हम बस इस ज़िद का शिकार रहते हैं कि इस समाज के मापदंडों पे एक आदर्श गृहस्थ बने रहें जबकि हम अपने असल वजूद को अपनी सामाजिक पहचान बनाना चाहते हैं। बस वो करना चाहते हैं जो मन में है। ये ज़द्दोज़हद है ख़ुद से ख़ुद को आज़ाद करने की। अपने अंत:करण को सामाजिक अपेक्षाओं से मुक्त करने की।

कुछ रुका-सा है

कुछ रुका-सा है जिसका चलना अभी बाक़ी है,
कुछ बुझा-सा है जिसका जलना अभी बाक़ी है।

अभिनय तो करता हूँ मगर मुखौटों की आड़ में,
स्वछंद-मन-रंग-मंच का उन्माद अभी बाक़ी है।

वर्षों विचारों का मंथन तो किया है मगर,
दृढ़-संकल्प-अमृत-कर्म का सोपान अभी बाक़ी है।

पूछते हैं दूरभाष पर नित हाल तो उनसे मगर,
श्रवण-सत्य-कर्तव्य का निर्वहन अभी बाक़ी है।

हृदय करुणा फूटती है कितने ही दृश्यों पे मगर,
इस निर्मल-निर्झर में किसी का स्नान अभी बाक़ी है।

कुछ रुका-सा है जिसका चलना अभी बाक़ी है,
कुछ बुझा-सा है जिसका जलना अभी बाक़ी है।

बारिश

मुझे बारिश बहुत पसंद है। सब कुछ कितना शीतल, शांत और सुरभित कर देती है। मन में बँधी न जाने कितनी ही गठरियों को खोल पिघला देती है ये बारिश और एक नई शुरुआत का-सा आभास देती है।

बारिश

बहुत दिनों बाद बारिश में भीगा हूँ,
अनायास अहसास हुआ शायद अब भी जीता हूँ।

बना ग्रीष्म[1] का पोषक मैं, सदा क्लेद[2] स्नान किया;
क्या है मेघ की शीतलता, क्या है मेघ मैं भूल गया।

स्पर्श बूँदों का हुआ, हृदय चेतना जाग गई,
पिघला ग्रीष्म का आलिंगन[3]; क्रुद्ध कटुता भाग गई।

स्व: रक्तपान[4] को त्याग दिया, अंतर[5] शीतलता पीता हूँ;
बहुत दिनों बाद बारिश में भीगा हूँ।

मैं ही ग्रीष्मित[6] भट्टी मैं ही जल संचय[7] हूँ मेघों का;
मैं एकाकी[8] वन-वन की, मैं ही झुरमुट देहों का।
सूरज की उगती बुझती-सी, चंचल चेतना पर निर्भर;
कभी शोक का दलदल ये, कभी चैन का है निर्झर[9]।
कभी लहरों से भरा हुआ, कभी रेत-सा रीता हूँ;
बहुत दिनों बाद बारिश में भीगा हूँ।

न बीते मन का सावन, इसकी शीतलता बनी रहे;
ताप समग्र[10] ही शांत करूँ, मधुर शब्द वाणी बहे।

1 गरम 2.पसीना 3. गले लगना 4. खून पीना 5. भीतर 6. गरम 7. इकट्ठा
8. अकेलापन 9. झरना 10. सार

स्वः कृत्यों पे संयम प्रहरी, मृत्यु-सी इच्छाएँ ठहरी;
ये बन जाएँ फिर चिर इच्छा, मिट जाए तपित निशा गहरी।
बन जाऊँ अशोक अपने मन का, कह सकूँ हार के जीता हूँ,
बहुत दिनों बाद बारिश में भीगा हूँ।

बहुत दिनों बाद बारिश में भीगा हूँ;
अनायास एहसास हुआ शायद अब भी जीता हूँ।

मृत्यु, तू कैसी होगी ?

जीवन में प्रत्येक पल अनिश्चित है। केवल एक स्थाई सच है- मृत्यु। और मनुष्य इसी सच से सबसे ज़्यादा डरता है। इस सत्य से साक्षात्कार के क्षण और इसके परे का चित्रण है- मृत्यु तू कैसी होगी ?

मृत्यु तू कैसी होगी?

मेरा कल्पित स्वर्णिम भ्रम,
या प्रारंभ निरंतर क्रम।
हाड़-माँस[1] जड़ता रोगी
या मोह-माया विरक्त[2] जोगी।
प्रतिपल सोचता हूँ यही
मृत्यु तू कैसी होगी।

उन्मुक्त[3] अविरल[4] तांडव शिव का,
या जमा रहेगा तम हिम-सा।
मन मृग को कस्तूरी तृष्णा,
या राम के शर से मुक्ति होगी।
प्रतिपल सोचता हूँ यही,
मृत्यु तू कैसी होगी।

पथराई आँखों के आगे,
चलचित्र चलेंगे जीवन के।
या मूँदी ही आँखों में,
इह की लीला अंतिम होगी।
प्रतिपल सोचता हूँ ये ही
मृत्यु तू कैसी होगी।

1. बीमारी 2. जिसकी किसी पर आसक्ति न रह गई हो 3. स्वछंद 4. निरंतर

एक प्रेमिका अनामिका का,
प्रथम अंतिम और चिर स्पर्श
या प्रेमी की प्रेमकथा
जिस के कारण न पूर्ण होगी।
प्रतिपल सोचता हूँ यही,
मृत्यु तू कैसी होगी।

पड़ा रहूँगा मौन मध्य में,
चहुँ और ही रिश्ते चिंता में।
या नहीं निकट कोई होगा,
बस तेरी आहट होगी।
प्रतिपल सोचता हूँ यही,
मृत्यु तू कैसी होगी।

धीरे-धीरे कच्छप से,
क़दमों से मुझ तक पहुँचेगी।
या चीते से एक वार से,
साँसों की माला टूटेगी।
प्रतिपल सोचता हूँ यही,
मृत्यु तू कैसी होगी।

डट के लड़ा प्रत्येक मनुज,
भविष्य से जो कि ज्ञात नहीं।
इक ही सत्य से अवगत हैं,
फिर क्यों भय का कारण वो ही।
प्रतिपल सोचता हूँ यही,
मृत्यु तू कैसी होगी।

न जाने कौन तू रूप धरे,
आलिंगन में जब मुझे भरे।
इस ओर तेरे सब मिथ्या-सा,
क्या सत्य दिखेगा परे तेरे।
नश्वर हो कर मिट जाना ही,
क्या अंतिम लक्ष्य है जीवन का।
या अजर-अमर है आत्मरूप,
कृत्यों से प्राप्त अमरता होगी।
प्रतिपल सोचता हूँ ये ही,
मृत्यु तू कैसी होगी।

मेरी माँ

(क्या लिखूँ, कैसे लिखूँ...)

मेरी माँ

मेरा जीवन ऋणी तेरा, जो तेरी आँखों में बसता है।
मेरा हर सुख ऋणी तेरा, जो तेरे होंठों से हँसता है।
मेरा हर स्वप्न ऋणी तेरा, जो तेरे सपनों का त्याग है।
मेरा हर कल ऋणी तेरा, जो उज्ज्वल हुआ जब जला तेरा हर आज है।

मेरा क्या कुछ भी नहीं माँ, तेरे परित्यागों की सौग़ात है।
सर्वस्व तेरा तो क्या करूँ अर्पण अजीब विवशता की बात है।
बस हाथ जोड़ नतमस्तक हूँ माँ तेरी ममता के आगे,
सदा हाथ मेरे शीश पे रखना, न टूटे आशीषों के धागे।

आरंभ भी पड़ाव था,
अंत भी पड़ाव है।

www.ingramcontent.com/pod-product-compliance
Lightning Source LLC
LaVergne TN
LVHW040813051026
849519LV00007BA/2622